Emmerich Nilson
Im Neuen
Ein harmloser politischer Roman in 4 Dimensionen

Herstellung und Verlag:
BoD - Books on Demand, Norderstedt
ISBN 978-3-7322-6339-4

Wege in Gedanken

Es erscheint gedankenlos, wie es begann,
es war schrankenlos, wie es zersprang.

Es geht der Mensch, solange er denkt,
es steht der Mensch, wo er verweilt,
es besteht der Mensch, wo er bezeugt,
es vergeht der Mensch, wo er bereut.

Fasse einen Gedanken,
lasse ihn nicht wanken,
gib ihm einen Sinn,
begrenze ihn.

Es wachse der Gedanke,
solange er nicht wanke,
er lässt sich betrachten,
man könne dir danach trachten.

Man trachtet nicht in Gedanken,
man verweilt in der Betrachtung,
wer verweilt, vergeht,
wer denkt, besteht.

Prolog 9-16

1. Kapitel: Auf dem Weg von Flieder zu Flieder 17-40

2. Kapitel: *Salary(wo)men* 41-48

3. Kapitel: Jenseits dessen im Diesseits oder *evil at Eden* 49-72

4. Kapitel: Ankunft im Morgenschein 73-82

Prolog

Also, einige der später vermeintlich grossen Denker und berüchtigten Diktatoren der ersten Hälfte des 20. Jahrhunderts waren zufällig zur selben Zeit während des *Fin de Siecle* in Wien – damals eine Stadt des *Ancien Regime*. Im Ergebnis meinten alle zu wissen, was zu tun wäre – leider haben sie sich dazu nur sehr unzureichend abgesprochen, und ihre unterschiedlichen Vorstellungen, wie es zu tun wäre, wohl bis ins Extrem betrieben. Vier davon sind in ihren Errungenschaften weitgehend auf ihr geistiges Erbe beschränkt geblieben. Der grösste Vordenker unter ihnen starb als Erster, und ein weiterer wurde noch vor dessen Ableben ermordet. Einer davon beging Selbstmord – aus mangelnder Einsicht in die wahren Verhältnisse. Also blieben letztlich nur zwei übrig, die ihre Vorstellungen in die Praxis umsetzten, deren Ergebnis jedoch kaum ihren natürlichen Tod überdauerte. So gesehen war das Ganze eine völlige Pleite, und zum Schaden der gesamten Menschheit – es ist also eigentlich wenig denkwürdig ... Es bliebe noch zu ergänzen, dass ein weiterer damals im k. k. *Trieste* lebte. Das macht es aber auch nicht besser. Ein anderer lebte zu jener Zeit in k. k. *Praga*[1] ... Es bleibt die Frage offen – wozu das alles gut gewesen sein soll! Sicherlich eine Frage, die als etwas naiv erachtet werden kann. Wir leben heute jedenfalls in einer anderen Welt als damals – wir, die es überlebt haben.

Auch *ein weiterer* war da – er ging dann in die Schweiz. Es scheint ihm dort gefallen zu haben. Und doch – am Ende als Marionette eines *Ancien Regime* zur Verhinderung einer nicht zu verhindernden Katastrophe eine noch grössere Katastrophe, die wiederum eine

---

[1] seine Tochter dort zur Adoption freigab, um danach bis 1918 für *F. Haber* zu arbeiten.

weitere Katastrophe verhindern sollte, und weitere Katastrophen nach sich zog.

Und jenseits europäischer Denkmuster in Asien und Lateinamerika kam es zu ähnlichen Erscheinungen und vielem anderen mehr? Im Gegensatz dazu stand in Asien ein Bollwerk des *Ancien Regime* ...

Sie alle waren ein Ergebnis westlicher Aufklärung in ihren verschiedenen Facetten und dessen Ergebnis konnte nur mit massiver militärisch-technologischer Innovation verhindert bzw. in ihre Schranken gewiesen werden – nebst des strategischen Talents einiger weniger.

Die Massen kamen zumeist gedankenlos in Bewegung. Jene, die dachten, waren beseitigt, interniert, emigriert oder verstorben. Viele schwiegen auch dazu.

Es waren unglaubliche Wirren des menschlichen Daseins, die letztlich durch Maschinen und deren Technologien begünstigt, ja überhaupt ermöglicht wurden, die der Mensch erfand und mit ihnen umsetzte. Wir sollten sie nicht vergessen in der Welt von gestern bevor wir an morgen denken.

So entstand eine Demarkationslinie, die mit dem höchsten Blutzoll auf beiden Seiten im Kalten Krieg entstanden ist, und die nur gezogen werden konnte, weil auf den Einsatz von Atomwaffen unilateral verzichtet wurde. Es ist also ein sehr gefährlicher Nymbus mit dieser Demarkationslinie verbunden, die die Grenzen menschlichen Handelns am Abgrund einer anthropogenen Katastrophe darstellt, die in der Geschichte der Menschheit neuerlich beispiellos wäre.

Es blieb also der Flieder – und was macht der jetzt mit uns – wir mit ihm? Darüber hinaus besteht eine politische Hypothek an die Freiheit des Menschen auf einer Halbinsel im Chinesischen Meer, während die Freiheit des Menschen Gefahr läuft, den Rückzug anzutreten.

Man kann sich Sorgen machen über das, was man schreibt, aber man tut es, weil man sich Gedanken macht über das, was der Mensch tut. Letztlich ist die Gefahr des geschriebenen Wortes geringer als die des gesprochenen, sie scheint also latenter zu sein, mehr noch als die Gefahr des Handelns ohne gesprochenes Wort, und ohne vorher schriftlichen Konsens. Es wäre Barbarei auf höchstem Niveau mit unseren heutigen technischen Mitteln.

Es ist nie zu spät. Man muss nur damit anfangen. Man hat schon damit angefangen. Warum man dabei nur langsam vorwärtskommt, liegt vermutlich daran, woran es eben zu scheitern droht. Und dabei ist wohl zu vermuten, dass es eine Mentalitäts- und Erziehungsfrage ist. Es erscheint, als ob hier von Kindesbeinen an etwas schiefgelaufen wäre. Und da kommt man zum Schluss, dass damals was schiefgelaufen sein soll hier, und daher diese Gesellschaft gespalten ist wie keine andere, die man kennt. Man merke dann, dass man hier in der Grundschule von vorne anfangen müsste, bis die dazu heranwachsende Generation es versteht. Aber solange mancher im hiesigen Parlament „hängt", ist das Problem in der hiesigen politischen Elite präsent. Daher – nun ja – für jene, die dorthin abgeordnet werden: Zuerst das Abbild von jenen im Parlament entfernen, dann die Schulbücher überarbeiten. Also – ans Werk bitte!

Die Massen sind zu gedankenlos geblieben. Unser Gehirn scheint sich weiterhin darauf beschränken zu müssen, dass es als Sozialorgan agiert. Die Maschinen haben eine schnellere Evolution erfahren als der Mensch. So bleibt der Mensch zurück – man möchte sagen – wie immer! Und so ist er gezwungen, seinen Kampf nach Freiheit fortzusetzen, den er nun gegen Maschinen mitführen muss – auch das ist nichts Neues. Der Respekt vor Maschinen ist sehr gross geworden.

Inzwischen ist zwar vieles nicht mehr so, wie es war, und doch bleibt zumeist alles beim Alten. Und so wird die Demokratie neuerlich zur Timokratie. Dem grausamen Tode vor einer Generation entkommen, stehen wir neuerlich am Scheideweg wie vor 300 Jahren – immer wieder.

Man meint, hier gelebt zu haben, und sieht so seinen Weg als die Kür und Pflicht zum Sein. Davon sei hier die Rede, eingebettet in die übergeordneten Strukturen des Daseins, die jene Energien des 20. Jahrhunderts dosieren, um sie beherrschbar zu machen in einem Sein jenseits dessen, was unkontrollierbar wurde, und sich jeglichen Versuch eines Zugriffs entzogen zu haben schien.

Perfekt-Präsens-Futur in eine geeignete grammatikalische Ordnung zu bringen ist schon Aufgabe genug. Das Plusquamperfekt kann dabei alles stören – ja zerstören. Sicherlich ist das nun auch wieder eine deutsche Sichtweise, die die sprachliche Diversität nicht berücksichtigt. Und wenn man hier näher ins Detail gehen würde, könnte man erkennen, wie komplex hier Gesetzmässigkeiten in verschiedensten Sprachen sind, um alleine mit dieser grundsätzlichen Fragestellung umzugehen.

Von Mentalitäten und Dialekten sei hier nicht die Rede, man sollte sie aber auch zur Kenntnis nehmen, womit man ihnen nicht ganz entkommen kann.

1. Kapitel

Auf dem Weg von Flieder zu Flieder

Eben blüht hier am alten Rennaissance-Schloss der Flieder. Es ist mild, dunstig und opak. Wenn der Weg nach dort auch noch lange ist, geht man ihn unter diesen Umständen jedenfalls, da ansonsten kaum brauchbare Alternativen zu erdenken wären. An ihm begann doch alles, und von ihm führen alle Wege fort[2].

Beim Glauben an diese Vorstellung ist Leben vorstellbar, und es findet als solches statt. Weiter denken will *Ole Olesen* dabei nicht. Er geht voran, ohne dabei nicht zu vergessen, innezuhalten. Die kleine Siedlung aus der Nachkriegszeit bietet sich an, um auf sie zuzusteuern, ohne sich wirklich in einer Begegnung mit ihr zu verbinden. Die sanften Hügel halten die Wärme, und reduzieren so die Exponiertheit.

Vorbei am sozialen Wohnbau am Fluss angekommen, trifft die Kühle ein, die kaum erfrischend wirkt, und als stationäres Element wahrgenommen wird, wenngleich das Wasser sich dabei sanft und träge bewegt. *Ole* hält inne – nicht trinken – man kann dazu heute gar nichts mehr erwarten, und alles ist nun abgefüllt in Flaschen sicherer als Natur pur.

---

[2] Das Schloss – der Flieder, an jenem, wo er blüht … immer wieder … In seiner frühen Kindheit lief *Ole Olesen* immer der kalte Schauer über den Rücken, wenn er daran vorbeikam – er verstand nicht, warum – viel später wurde es offenbar … ein Ort des grausamen Todes …

In den Bergen ist es noch rein, aber die sind weit entfernt, und wenn es einmal dort ist, wo man es bräuchte, dann ist es verbraucht. Aber wir erwarten heute mehr als vor der Zeit, die es ermöglichte, alles zu standardisieren, wenngleich auch alles davon zehrt, so zu sein, wie es ist, so ist die Trägheit dessen auch Allgemeingut geworden, um derentwillen sich keiner mehr zu entkommen wagt, wenngleich er es erst einmal versuchen müsste, und dass einem alleine schon die Überwindung der Trägheit widerfährt, die an sich das Hemmnis darstellt, da doch ansonsten an sich kein Hindernis als solches wahrgenommen werden könnte.

Oles Weg führt über die Brücke, die – damals noch aus Holz – heute aus Asphalt und Stahlbeton – die Natur durchquert, ohne dass dabei ein Einschnitt erkennbar wäre – sieht man davon ab, dass sie doch nur ein Mittel zum Zweck ist – des menschlichen Zwecks der Mobilität, der Reduzierung von Risiken, der Wandlung vom Hindernis zur Fortbewegung. Von hier sieht alles wieder etwas anders aus. Eine frontale Auseinandersetzung mit dem Element, über dem man steht, und dessen Mobilität man so besser wahrnimmt, auch das, was es eigentlich wirklich mit sich führt, und worauf es eigentlich wirklich gebettet ist. In diesem Sinne fragt man sich dies kaum, da es doch um die Überquerung zwecks Fortkommen geht, und nicht darum, die Konfrontation über die Ursache, – derer wegen – sie errichtet wurde, zu verstehen. Die Bettung darf hier aber noch als unverfälscht durch den Menschen gelten. Über die Wertschätzung dessen sind die Meinungen geteilt.

Menschen – sie queren dieses Element, ohne mit ihm in Berührung zu geraten. Man kennt sie meist nicht, und so quert man selbst auch, ohne damit in Berührung zu kommen. Das eigentliche Hindernis ist keines gewesen, so es doch von seiner Natur her eines sein sollte. Die Gefahr wird als solche gar nicht wahrgenommen. Nun ist es vorbei, das Hindernis, dessen man nicht wirklich Gewahr war. Hätte man es gekannt – wer glaubte es sich zumuten zu können, wenn es nicht lebensnotwendig wäre!

Ole geht. Die Brücke lässt er hinter sich. Es ist kaum zu erkennen, wo das hinführen soll. Hier finden sich mehr Menschen am Wasser ein. Sie bedürfen seiner heute nicht mehr in der Form wie früher, und doch leben sie noch immer an ihm. Es fehlt der Bezug, und doch gibt es diese Koexistenz – gekennzeichnet nach den vorgesehenen Bestimmungen – nicht ohne Kennzeichnung. Das ist Natur pur, die soll erhalten werden? Darf ich Sie was fragen? Wer bleibt da heute schon noch stehen. Also wenn man das erkennt, so gehört man zu den Kennern. Dabei werden viele verkannt – da sie doch zu den Kennern gehören! Hier gibt es viel Flieder – fast in jedem Garten. Er zerfleddert manchmal im Sturm des Alltags, wenn die schönen Maientage seiner Blüte vorbei sind.

Alles ist schön gepflegt. Nicht so am alten Schloss – dabei sollte man das Gegenteil erwarten, aber dort wächst er nun mal schon länger. Es ist wohl besser, nicht dem Instinkt zu folgen, und so einfach bis zu dem Wäldchen den Abhang hinaufzugehen. Diese Auseinandersetzung mit der eigentlichen Bestimmung ist erforderlich, um ihr zu entkommen, und so wohl der einzige Weg, um auf das zu treffen, was man erwartet, wenngleich es das Umfeld nicht erwartet. Es erfordert Anstrengung, und wenn man sie nicht unternehmen wollte, wäre auch desgleichen nicht erforderlich, wenngleich es keiner unternehmen würde, wenn es als solches nicht erkennbar wäre, und somit auch erkennbar ist.

Ein schmales Wäldchen tut sich hier heran, schattig – und doch auch licht. Vom Weg dorthin ist wenig zu berichten, ausser jenes, womit man sich auseinanderzusetzen hat – der Weg nach vorne und hinan. Es erfordert eine gewisse Bereitschaft, um ihn zu gehen, bevor man damit beginnt, ihn in Angriff zu nehmen. Auf halbem Wege umkehren ist wenig befriedigend. Und der Asphalt macht es heutzutage weniger attraktiv als sonst. Die Milde macht es zwar angenehmer, aber auch biologisch problematischer. Die Luft steht ringsum, der Dunst setzt sich am Boden, und das Szenario erscheint orange. Da vorne ist es dann vorbei damit – schattig ohne eigentliche Sicht auf die Melancholie des Lebens. Ein Diagramm des Lebens – je nachdem wann es begann.

Es ist nicht länger der Prolog, der hier vonstattengeht, der eine Szene als solche erkennen lässt, die es aber trotzdem an Bedeutung an nichts missen lässt. Es ist eben alles dies als opak zu erkennen, und als solches sind keine scharfen Konturen als existent zu betrachten. Wenn man etwa an die Pointilisten denkt, die aus einer gewissen Distanz durchaus erkennbare Darstellungen in der Annäherung als solche als unscharf erkennen lassen. Es liegt also an der Fokussierung, etwas mit Konturen erkennen zu können, und an der richtigen Distanz, das Gesamtbild als solches wahrzunehmen. Und doch hat man in beiden Fällen nur einen Eindruck dessen gewonnen, was tatsächlich vonstattengeht. Also ist Wahrheit doch nur ein Prozess der objektivierbaren Erkenntnis, ob sie nun als Kompromiss oder geniale Eigenleistung entsteht, ist dabei sekundär. Letztlich geht es um Existenz[3]. Selbstreflexion ist dabei wohl der Schlüssel zur Erkenntnis. Verstand scheint uns nicht gegeben zu sein, auch wenn wir ihn immer wieder zu rezitieren meinen. Nur die Vernunft kann wohl dem standhalten.

Die Mur, die Raab, die Enns, die Traun, die March und die Thaya; sie alle kann man in der Form queren; oder aber die Sanne – auch wieder. Als das, was man Wasser versteht, hält es den Menschen an, Brücken zu schlagen; Brücken zwischen ihnen, wenn sie sie nicht trennen, können sie die Menschen verbinden.

---

[3] Möglicherweise sollte man hier auf *Erwin Schrödinger* zurückgreifen ...

Vom Inn als solchen redet niemand – man wäre zu uneins. Seine bemerkenswerte Trübe gegenüber den anderen Gewässern sollte auch nicht unerwähnt bleiben. Wie könnte man da Donau und Rhein vergessen. Dazu trifft *Ole* auf seinem Weg an der Donau[4] auf *Thomas*[5]: Es entwickelt sich ein lebhaftes Gespräch um Hiesiges, Dortiges und Anderenortiges, über Eigenes und Fremdes, bei der sich schliesslich folgende Erkenntnis herauskristallisiert: Die Gattung *Allium spp.* ist mit den Ursprüngen jener Stadt zutiefst verbunden. Das *Castellum* wurde sozusagen mit seiner ernährerischen Kraft erbaut. *Allium cepa* und *Allium sativum* waren die ständigen Begleiter der römischen Legionäre[6]. Bis heute ist *Allium cepa* in der lokalen Küche unersetzlich – geröstet versteht sich[7]. *Allium sativum* findet sich wiederum noch heute höchst prominent in der Lauchsuppe. In keiner Stadt wie jener findet man Lauchsuppe so oft auf der Speisekarte [8]. Die Zwiebel und der Knoblauch finden sich also in vielen altstädtischen Gerichten – seit Anbeginn seiner Geschichte.

---

[4] die man hier gerne als Strom bezeichnet, womit etwa eine Änderung der grammatikalischen Zuordnung verbunden ist, ebenso wurde er durch die Bewohner der Stadt vor einigen Jahrzehnten bemerkenswert gezähmt, und er bietet sich so in einer bemerkenswerten zeitlosen Ruhe dar, die fast einem stillen Gewässer gleichkommt, das aber doch an einem vorbeizieht ...

[5] *Nomen est omen* – er wird später seiner biblischen Rolle gegenüber *Ole* gerecht werden, was dessen Rolle auf der Liste angeht – vor allem was die Liste als solche angeht, letztlich also ein klassischer Fall von Xenophobie.

[6] Verdauungsfördernd und antiseptisch.

[7] Gelungene kulturelle Verschmelzung latinischer und alteingesessener Esskultur.

[8] Allerdings nur in meist mässigen Restaurationen.

Allium cepa wie *Allium sativum* fördern die Verdauung des Homo sapiens sapiens, und sind daher allseits beliebt. Sie gedeihen prächtig auf den Feldern der Bauern ringsum und sind dort direkt zu beziehen – biologisch oder nicht[9]. Meist werden sie von Angehörigen der Dortigen[10] hier geerntet und verpackt, um sich dann – geröstet – in Gerichten wiederzufinden, welche diesen dann immer öfter durch Angehörige der Dortigen als Kellner serviert wurden. Es handelt sich also auch um sehr nachhaltige und ökologische Beilagen – *politically correct*. Also eine ideale Beilage für Globalisierungsgegner und Liebhaber der heimischen Küche.

Anekdotisch interessant: Es gab da kürzlich einen Abkömmling der früheren *Soldateska* und grossen Freund der Gattung *Allium spp.*, dessen Vorfahren es bis in die höchsten Ränge – ehemals bei Hofe – gebracht hatten, welcher in einer Ausstrahlung der elektronischen Medien gemeinsam mit einem Abkömmling eines benachbarten Magnaten die Einführung der Spezies *Allium spp.* in der gehobenen lokalen Restauration protegiert hatte – sehr subtil, darf man sagen. Ersterer ist inzwischen jenseits des Flusses in leitender diplomatischer Position.

Die Gattung *Allium spp.* ist also zutiefst lokal verwurzelt und gehört fast ins Stadtwappen. Man

---

[9] Geringe CO_2-Belastung da vorort angeliefert, was ohnehin nur ein politisches Ablenkmanöver darstellt.
[10] Es sollen auch manchmal Sofortige und Hiesige dabei sein.

muss vor ihr nicht die Nase rümpfen, wenn man die Geschichte der Stadt ein bisschen anekdotisch betrachten kann. Dies hatte beiden sicherlich gefallen, und schliesslich war das alles vor der Zeit, in der man Wege fand –, schliesslich fand – nachdem man falsche Wege ging, die hier wiederkehrend immer wieder zu einem selbst zurückführten.

Zum Bummeln war dann keine Zeit mehr, und so kam eine Lösung, die alle erwarteten, aber mit der keiner gerechnet hatte[11].

Da *Ole* sich nun stetig auf dieses kleine Wäldchen zubewegte – so war denn noch Zeit zum Nachdenken. Und so kommt man schliesslich an jenen Ort, den man angepeilt hatte. Es fühlt sich gut an, dort zu sein und der zu erwartenden Kühle ausgeliefert zu sein. Es kündigt sich Frieden in einer gewissen Dunkelheit an, wo man sich nie sicher sein kann, was sich dahinter eigentlich verbirgt. Dieses Element kann wohl als solches nicht so einfach mit wenigen technischen Hilfsmitteln bewältigt werden, wie etwa das Wasser des Flusses. Nun ist es doch auch zumeist domestiziert in unseren Breiten und daher von wenig reellen Gefahren und Hindernissen für den Menschen gesäumt. So wurde denn ein Ort der Gefahr und Bedrohung zum Ort der Erholung – des kultivierten Innehaltens und Verbleibens. Und doch sind die Risiken noch immer beträchtlich. Man kann

---

[11] An sich hatte es *Marc* damals schon erkannt. Und der Spinner hatte recht!

nicht davon ausgehen, dass Entwicklung *per se* eine Reduzierung der Risiken gebracht hätte.

Schliesslich angelangt hier im kleinen Wäldchen am *Ticino,* schenkt man dem dagegen wenig Beachtung, da dieses Element als solches absorbiert wurde, um etwas Neues hervorzubringen. In seiner Diversität bemerkenswert, birgt es als solches wenige zivilisatorische Gefahren, und doch realisiert man in seinem Ursprung hehere Gefahren, als man sie aus heutiger Sicht erkennen zu können glaubt. Im Durchschreiten liegt die Herausforderung, und nicht im Überqueren. In seiner Vielfalt lockt es zum Innehalten, und begeistert durch Vielfalt und Diversität an Wahrnehmungen verschiedenster Art. Es gelingt zu durchqueren und sich seiner zu entledigen. *I duecenti di Garibaldi,* meinte man gehört zu haben!

Die Ebene lockt nun in seiner Melancholie und Ungewissheit. Es flimmert, macht wenig Anstalten sich zu diversifizieren, und scheint endlos. Hier quert man nicht, hier vergeht man. Der Zug der Vögel über einem, als einzige Erkenntnis über das Werden und das Vergehen. Es sind deren viele Schichten in ihrer Tiefgründigkeit und Torfigkeit zugleich. Es lauert wenig mehr als die Gesamtheit der Ungewissheit, was einen innerlich innehalten lässt, wo doch das Verweilen nicht zielführend ist. Ohne Ziel den Weg beizubehalten ist das zielführend Erscheinende. Einen *Bourbon* bitte!

In dieser Dimension erscheint alles mühsam. Wenn es doch fühlbar bleibt, ist es erlebbar. So vermittelt es in seiner Gesamtheit Befriedigung, und so gibt die ursprüngliche Wahrnehmung neuen Dimensionen Raum und Ergänzung zu einem Gesamtbild, das sich immer wieder ergänzen lässt. Wenn es naiv erscheinen mag, ist es zumindest erweiterbar, und so erlebbar.

Es macht wenig Sinn, umzukehren – gar zu verweilen, es geht eben in Richtung des Weges, dessen man sich bewusst ist. So ist doch mehr als das zu erwarten, indem man geht, anstatt innezuhalten. Indem man erkennt, kennt man letztlich den Weg, der vorwärts führt. Indem man verweilt, verinnerlicht man seine Unkenntnis darüber, wie es weitergehen soll – als bewege man sich in den Raum hinein.

Die Bühne ist betreten, und der Abgang ist als solcher nicht erkennbar. Er findet dort statt, wo dieser Weg eben endet. Wenngleich eine Begegnung mit *Gabriele* das Bild trübt. In dieser Vielschichtigkeit des Daseins bietet sie ein Element der Wahrnehmung, dem man sich zuwenden kann.

Gabriele, du hättest nur richtig ankreuzen müssen und meinen Namen in die Rubrik darunter schreiben müssen – auch wenn es nichts genützt hätte, da die Stimme dann ungültig gewesen wäre.

Jedenfalls wird es für die hier viel Ärger geben wegen des Rechtsruckes. Ich glaube nicht, dass eine neue Regierung lange hält. Welche es auch immer sein wird. Ein Umstand, der in der Tat zutraf, und als solcher das Chaos heraufbeschwor, das danach dosiert auszusitzen sein würde, um letztlich doch keine Lösung als solche hervozubringen.

Der Urlaub war jedenfalls herrlich, wir sind von *Zadar* nach *Vis-Korcula-Mljet-Dubrovnik-Hvar-Brac-Sibenik-Zadar* gesegelt – insgesamt 300 Seemeilen. Neben Segeln und Kultur stand Schwimmen, Tauchen und Fischen auf dem Programm. Wir hatten sehr interessante Diskussionen, was Geschichte und Kultur angeht, da wir alle aus den verschiedensten Hiers des Dorts stammten. Es war sehr erholsam und abwechslungsreich. Eine Reise, die durch 3000 Jahre Kulturgeschichte führte. Das Wetter während der Reise war überwiegend sonnig, teilweise stürmisch mit bis zu 40 Knoten – was für echte Seebären.

Wir waren danach noch eine Woche in Kroatien und Bosnien-Herzegowina unterwegs. Und wir erkannten, dass wir über ihren Krieg eigentlich nichts wissen. Jahrzehnte danach – noch Einschusslöcher in *Sibenik*, noch viele Ruinen in *Mostar*. Menschen, die noch sehr mit sich selbst beschäftigt sind. Grenzen, die wir nicht mehr gewohnt sind, wenn wir reisen.

Tourismus, der einerseits zum Himmel schreit[12], andererseits ihr wirtschaftliches Standbein ist. Ich

---

[12] Invasionstourismus – und wir gehören auch dazu!

hoffe sehr, dass die Politik einen Weg findet, den Tourismus „wohl zu dosieren", die Qualität für die Einheimischen – und auch Touristen – sollte im Auge behalten werden. Aber der Mammon wiegt wohl schwerer.

Ein schönes Land, und mit so viel Hass zwischen drei Ethnien, die eigentlich dieselbe Sprache sprechen. Es gibt viele malerische Plätze dort. Die Inseln sind zum Teil noch malerischer als das Festland. Dort ist der Krieg nicht „hingekommen", es sind auch im Süden andere Menschen. Sie erwecken eher den Eindruck, Griechen zu sein. Die Armut der bosnischen Serben ist dagegen frappierend.

Die Kroaten sind sehr geschäftstüchtig. Es war interessant zu sehen, wie viele Olivenhaine und Weingärten sie schon damals angelegt hatten. Olivenhaine und Weingärten werden auch jetzt noch einige frisch angelegt.

Es war historisch betrachtet über lange Zeit immer ein wildes Durcheinander von Venezianern, Osmanischem Reich und Piraten verschiedenster Provenienz, und schliesslich habsburgischer Einflusspolitik, über Jahrhunderte Aufmarschgebiet für die sogenannten Türkenkriege. Mit den Balkankriegen und dem Einfluss der Grossmächte versuchte man die Region zu stabilisieren – mit dem bekannten Ergebnis. Bei aller Geschichte – der Mensch will halt leben und frei sein.

Übrigens, auf den Inseln kann man dann auch Elemente arabischer und spanischer Einflussnahme erkennen – ebenso jene von Engländern und Franzosen.

Als bemerkenswertestes historisches Denkmal erscheint der Palast des *Diokletian* – faszinierend! Wenn man wiederum diese historische Phase genauer betrachtet, trifft man auf Redundanz.

Die Armut mancher Menschen in manchen Orten gibt uns auch heute noch zu denken. Unvorstellbar für uns, was da lebenswert sein könnte. Vermutlich werden in diesen Orten die Menschen aussterben. So wie sie früher die Bergdörfer schon verlassen hatten.

Die Kroaten hingegen scheinen das bessere Los gezogen zu haben. Wie es allerdings mit den Serben weitergeht, bleibt die grosse Frage und erinnert vielerorts an Vergangenes in Mitteleuropa[13]. Die Bosnier gibt es schliesslich nur noch dank der EU, *UNO* und reicher islamischer Staaten. So viel zur Geopolitik – bitte kein Wort mehr hier!

Die Inseln sind auch eine Reise wert, am besten mit dem Schiff. Wenn man bedenkt, dass *Marco Polo* auf *Korcula* geboren wurde, und damals *Korcula* zu einem arabischen Grossreich bis China gehörte, versteht man, was ihn dort hingezogen haben mag,

---

[13] Wenngleich man damals deren Häuser nicht zerstört hat.

und warum wir bis heute die chinesischen Nudeln, die er als Gericht mitgebracht hatte, in Form von Spaghetti so gerne zu uns nehmen. Man versteht auch den Antrieb der Kreuzzüge als Gegenbewegung zu dieser Expansion etc. Möglicherweise kommt mancher Familienname bei uns aus der Zeit der Kreuzzüge. Na ja, und so war die Welt schon immer ein Dorf.

Der Palast des *Diokletian* erscheint vom Empfinden her irgendwie als Synonym für Europa, beginnend bei den Römern – er war damals prächtig, und doch dem Verfall preisgegeben. Er wurde aber nie abgetragen, immer wieder umgebaut, Menschen sind immer wieder von Neuem eingezogen. Das Alte ist noch erkennbar, und es wird viel herumgebaut und improvisiert, aber die Aussenmauern stehen stabil und unverrückbar, wenngleich manches Fenster nicht mehr dort ist, wo es einmal war.

Na ja, die anderenorts bleiben dann eben doch der letzte Rettungsanker, wenn alles versagt – so wie derzeit in der Politik. Uns fehlt es an Innovation – wie damals.

Jetzt denken die dort für hier – wegen der Finanzkrise, auch weil die Politiker weiterhin untätig sind. Der anderenorts denkt sicherlich auch über eine neue Enzyklika zur Finanzkrise nach. So wie eben damals *Jesus Christus* die Zöllner aus dem Tempel vertrieben hatte [14], so werden jetzt die

---

[14] Ein Gleichnis, das auch in dieser Region seinen historischen Ursprung hat.

unfähigen Bankmanager vertrieben werden – hoffentlich. Was die anderenorts wohl mit ihren Bankern machen?! Tja, und ohne Dortige wäre der Anderenortige jetzt in finanziellen Problemen. Schliesslich hätten wir heute genügend Moscheen hier, um *islamic banking* salonfähig zu machen.

Na ja, jetzt leben wir im Zeitalter des Dortigen-Sozialismus – durch die sozialistische Politik der Einlagensicherung der Staatsräte. Man sollte die Bankeinlagen nicht staatlich stützen, sondern durch ein entsprechendes Insolvenzgesetz gewährleisten und so den Kräften des freien Marktes aussetzen, sonst wird der Dortigen-Sozialismus auch bald noch ein tragisches Ende finden – und die verantwortlichen Bankmanager, wenn erforderlich, kurzerhand enteignen. Die Geopolitik der Globalisierung zerfetzt immer wieder alles und scheint den Endzweck einer noch konsequenteren Ausbeutung der Erde durch den Menschen zu verfolgen.

Also ich finde, die Banker sollten auch mehr zur Verantwortung gezogen werden. Die verspielen noch die ganze westliche Welt auf dem Kapitalmarkt. Ich lese gerade *Hayek* und *von Mises* – demnach ist das, was die dort und die weiter fort machen, Sozialismus *à la* UdSSR, und daher pures Gift für die Wirtschaft. Was wankt, sollte gestossen werden, und nicht mit Steuergeld gestützt werden! Sicherlich, die anderenorts sitzen auf enormen Devisenreserven und würden die Pleitebanken billig kaufen ... Deswegen eben gibt's jetzt Dortigen-

Sozialismus. Der König von Sachsen[15] tat im 18. Jahrhundert dasselbe[16], ebenso die *Antoninen,* um die Vormachtstellung Roms in der Welt zu gewährleisten. Danach war Rom zwar pleite, aber gerettet und gesichert, und es kamen die *Severer* mit einem moderateren politischen Kurs. Aber heutzutage fehlen offensichtlich die ökonomischen Grundlagen dazu.

Jelinek habe ich noch nie gelesen – aber eben *Hayek*, und der hatte bekanntlich recht behalten. Die *Jelinek* geht – wie es scheint – nicht mehr unter die Leut'.

Na ja, die Anderenortigen, ich war letzthin beim Begräbnis – die zelebrieren da noch ordentlich. Ich kam mir vor wie auf Sizilien inkl. der *Camorra* der politischen Funktionäre, die mich teilweise wie einen Antichristen beäugten.

Geld hat nur der verloren, der die Nerven verloren hat – er hätte besser zu Gott gebetet, anstatt alles zu verkaufen – es *gambeln* eben heute alle, und keiner will mehr was arbeiten.

Ansonsten ist nur der verloren, der den Glauben an sich selbst verloren hat – was er immer auch sonst im Leben anstrebt.

---

[15] *August der Starke.*
[16] weswegen Dresden und Sachsen an sich noch heute auf prächtige Bauten und Kunstschätze verweisen können, obwohl letzteres danach pleite ging – auch wegen verlorener Kriege – und die *Antoninen*, die ihre Kriege schliesslich nach hartnäckigen Kämpfen gewannen.

Was machen die Männer hier und heute, wenn sie sich nicht sozial engagieren – so wie du?

Ob im Denken, Reden oder Handeln – was macht es für einen Unterschied. Wie schon *Jesus Christus* sagte, auch schlechtes Denken ist Sünde. So gilt denn auch die Reinheit im Denken als christliche Zier – auf welcher Sitzbank, wo immer die steht, dieser Denkprozess auch stattfindet. Aber diese Art von Weisheiten finden heute wenig Verbreitung.

Du kannst auch nicht pilgern gehen und bleiben, wo du bist – pilgern ist eben ein Weg zur Erkenntnis, nicht pilgern heisst in Naivität verharren, wenngleich man auch meinen kann, dass eine Pilgerfahrt von Naivität getrieben sein kann, so führt sie doch zu einer Erkenntnis[17]. Also, es kann daher nur der Weg das Ziel sein – alles andere wäre jedenfalls naiv. Es muss ja schliesslich doch davon ausgegangen werden, dass grundsätzlich jeder von Anbeginn an naiv ist. Ohne Plackerei gibt es keine Erkenntnis! Und der Jakobsweg ist dann gemeinhin für einen dortigen Christen noch immer die Krönung.

Also, so richtig verirrt habe man sich wohl noch nie, aber es mag schon vorgekommen sein, dass man den Weg des geringsten Widerstandes gegangen ist; ob man sich dabei geirrt habe, könnte man nicht wirklich sagen. Es sind einem dabei viele Irrtümer untergekommen, aber auch Weisheiten, ja sogar Wissen, aber keine Wahrheiten. Es war jedenfalls

---

[17] welche es auch immer sei – eine naive oder nicht.

angenehmer als jeder andere Weg. Was nicht heissen will, dass man bequem ist, da man durchaus Hürden überwunden haben mag, mit denen man nicht gerechnet hätte. Und aufreiben sollte man sich nun denn auch nicht sinnlos – auf welchem Weg man sich auch immer befindet – verirrt, unbeirrt oder gar irre.

Manche Menschen sind schon tot, bevor sie noch geboren wurden, und erfahren deswegen erst gar nicht den Tod. Was der alte Bergartige wohl dazu sagen würde?

Ich empfehle auch ein Buch von *William Golding*: „Martin Pinche"[18]. *Golding* war ein interessanter Autor, der viele solche surrealen, existentialistischen Werke geschrieben hat. Er war ein interessanter experimenteller Schriftsteller.

Popper meinte übrigens: Freiheit ist das erstrebenswerteste Ziel, allerdings attestiert er auch die Notwendigkeit gesellschaftlicher Einschränkungen, damit diese Freiheit nicht auf Kosten der Freiheit anderer gelebt werden kann. Ansonsten glaubte er, dass der Mensch Erkenntnis durch das Prinzip „Versuch und Irrtum" gewinnt. Ich kann ihn als Rationalist und Reduktionist verstehen und stimme ihm daher zu. Er war jüdischer Herkunft, ein Angehöriger jener grossbürgerlichen Juden, die ihre Freiheit wirklich in einem hohen Ausmass uneingeschränkt leben konnten, allerdings dafür auch einen sehr hohen Preis zahlen

---

[18] Der Felsen des zweiten Todes.

mussten[19]. Er selber hatte seine gesamte Familie zurückgelassen und ist nach Neuseeland ausgewandert – noch zur Zeit des Austrofaschismus. Seine gesamte Familie und Verwandtschaft ist in den Wirren des 3. Reiches umgekommen. Er hat die Freiheit weitergelebt, die alle seine Verwandten verloren hatten, er hat das Leben weitergelebt, das alle seine Verwandten verloren hatten.

Ich meine, wir haben in unseren westlichen Gesellschaften alle die Möglichkeit, unsere Freiheit wirklich zu leben. Es ist bemerkenswert, wie das unser Leben in einer Generation verändert hat. Es wird wohl noch bemerkenswerter sein, wie es unser Leben noch verändern wird. Es fragt sich nur, wie viel Energie und Geschick wir dabei an den Tag legen. Wir laufen dabei eben auch immer Gefahr, einen hohen Preis dafür zu bezahlen.

Popper gehörte zu einer Generation Kosmopoliten – überwiegend althergebrachte – aus der Zeit des Habsburgerreiches, die diesen Geist des Liberalismus in der englischsprachigen Welt und vor allen Dingen auch der angloamerikanischen Welt, zu neuen Höhen geführt haben. Er fand also seine Fortsetzung in liberalen Gesellschaftssystemen. Der Niedergang dauerte danach noch sieben Jahre an. Die Talsohle ist noch nicht erreicht. Der Umbau der Weltwirtschaft hat begonnen. Die Globalisierung ist unaufhaltsam und scheint unumkehrbar geworden zu sein. *Francis*

---

[19] Deportierung, Zwangsarbeit, Ermordung etc.

Fukuyamas „The End of History" scheint zum Greifen nahe. Was werden wir jenseits dieser geschichtlichen Prägung miteinander anfangen – haben wir wirklich die politische Reife, das zu leben, was uns nun ins Haus steht? Der Umgang mit politischer Verantwortung ist frappierend.

Das alles scheint doch ein Beitrag zu dem, wonach wir uns sehnen, und der Fragestellung, ob dies realisierbar sein wird – die Freiheit. Mehr als 8000 Sprachen in den bald 200 Staaten, 1/5 der Menschheit hungernd, das Kapital konzentriert auf 2% der Menschheit, und 45 Regeln der G-20 sollen da Abhilfe schaffen. Es wird nochmals ordentlich krachen in der Weltwirtschaft [20]. Das grösste Fusionsprojekt der Menschheitsgeschichte, das inzwischen von den G-8 ordentlich nachgebessert wurde – für den „Rest" der Welt als Überraschungspaket.

In der Hoffnung sind die Menschen wohl ergriffen, aber sie begreifen nicht; *Popper* meinte ja auch, dass wir nichts verstehen oder gar begreifen können, sondern nur herumgreifen – im Dunkeln tasten.

Aber es scheint doch offensichtlich, dass alles abgewirtschaftet ist. Alle haben auf Halde produziert, und die einen haben die Kohle und die anderen die Schulden, nur gibt es keinen Weg zueinander, da sonst alles von vorne beginnt, und jene, die Kohle haben, am Ende noch die Verlierer

---

[20] Was inzwischen ja die Regel zu sein scheint, und nicht die Ausnahme.

wären – oder aber die Gewinner und neuerlich abzocken. Also blieb nur die Suche nach neuen *Win-win*-Situationen.

Der Ruck geht schon durch die Menge – es trifft die Mittelschicht im Westen und die Armen in den Schwellen- und Entwicklungsländern[21] – und alle, die an diesen „dranhängen". Es ist nicht mein Stoss, aber der Stoss alljener, die das Wankende eben stossen[22] – unsere egalitären Gesellschaften und die egalitären Gesellschaften der Entwicklungsländer – eben die Armen. Neue Armut bei uns, und die alte Armut – noch drückender als zuvor – in Entwicklungsländern. Ein überkommener Begriff, der uns aber doch erhalten bleiben wird, wie wir es dann auch immer nennen wollen.

Man versucht auch zu helfen, na ja, Idealismus statt Fatalismus:

Wo ist das Opium – her mit ihm!
Wer gibt es aus – der Staat?
Wer will es haben – jeder, der süchtig ist!

Diese Fragen bleiben offen. In den Mühen der Ebene ist dabei die Antwort auch nicht wesentlich, wenngleich in vielem offensichtlich. Es ist seither einige Zeit vergangen, die es noch offensichtlicher macht.

Hier, dort, anderenorts, weiter fort und anderenorts

---

[21] ... und jene, die auf dem Weg dorthin zu sein scheinen.
[22] ... die grossen Hedgefonds vor allem ...

fort sind all dies vorherrschende Fragen dessen, wessen wir uns nicht bewusst werden wollen. Wir hier leben fort, wie auch die dort, anderenorts weiter fort und anderenorts fort, und so fort.

Und für jeden dort ist hier anderenorts, wenngleich für die dort der Lage nach hier nicht dort ist. Gewissermassen handelt es sich um Lichtgestalten von hier und fort anderenorts: *Ole* begegnet *Heisenberg* – in der Tat! Er begegnet ihm immer wieder, aber nun hatte er ihn erkannt.

So bleibt der Flieder am Schloss hier – und nicht dort. Vom Flieder hier sei damit genug gesagt. Er lebt an jedem Ort fort. Woran liegt es also, dass keiner auf *Ole* hören will? Das Blühen des Flieders wäre vorort wie dort gegeben.

Es ist vergangen – im Begriff zu vergehen. Die Stimmen erheben sich, um dies einzuleiten, was immer als verfehlt gelten durfte und doch nicht ausgesprochen werden konnte.

2. Kapitel

Salary(wo)men

Irgendwie sind es jene, die uns verbinden, auch wenn sie es selber nicht als solche tun und nur dazu angehalten werden. Sie benützen aber dazu weniger das Element Wasser als das Element Luft. In der Form ist es nicht festzumachen und eingrenzbar, ist es jenes Element, das unsere Lebensform schliesslich begünstigte. Dabei handelt es sich um jene dort. Sie verknüpfen hier, dort, anderenorts, weiter fort und anderenorts fort und so fort, und so weiter, und so weiter, und so weiter.

In ihren Ursprüngen waren sie dort zu finden, wo sich die Wasser kreuzen, so meinen sie nun, sich auf den neuen Wegen der Lüfte zu bewegen, um deren Ziele erreichen zu können, wo doch letztlich alles verweht werden sein wird und dort, wo der Boden unter den Füssen fehlt, doch nichts Halt bieten kann. In die Tinte legt also die Lösung zur Hinhaltetaktik der bodenlosen Verwerfung der neuen Ziele ohne Ziel am Horizont. Man darf es als Errungenschaft der Industriegesellschaft betrachten, dass dies leistbar erscheint.

Es vergeht, es kehrt wieder, und es vergeht von Neuem; ein *Perpetuum mobile* des gesellschaftlichen Existierens in Gemeinschaft und Koexistenz.

Es geht vorbei, und kehrt wieder, beschäftigt uns, verwehrt uns und erlaubt uns das zu sein, was man meint, sein zu wollen. Ein Element der Wiederkehr, und doch in dem Moment des beginnenden, neuerlichen Niedergangs für einen Neubeginn. Eine ewige Suche in uns selbst zur Erkenntnis, die sich in ihren Grenzen immer wieder aufs Neue dokumentiert. Und doch wollen wir sein.

Es braucht keiner Personifikation, um menschliche Abgründe zu erkennen, um jenen zu einer neutralisierenden Begegnung zu verhelfen, um eine weniger oder auch mehr in sich egalitärere Begegnung zu suchen, um derentwegen man sich an sich meint bemühen zu müssen, um zu neuen Horizonten aufbrechen zu können, die sich in der Regel auf diesen Planeten ausrichten, und doch möglicherweise auch auf anderen Planeten enden könnten. Man mag dabei das eine als Ziel, das andere als Herausforderung betrachten.

Sich dessen zu entziehen, meint keiner als wünschenswert zu erachten, aber wessen man sich entziehen kann, meint dabei jeder bestimmen zu wollen. Was letztlich auch nach menschlichen Gesichtspunkten ergründbar zu sein scheint.

Es ist neutralisierend und als solches wenig befriedigend, und erschöpfend, ohne erschöpfend wahrnehmbar zu sein. Was gilt es hier zu erkennen, wo doch dergleichen immer wieder dem Neuen weichen muss, ohne ein Ziel vorgeben zu können, wenngleich es ein solches geben kann, das doch – wenn überhaupt – nur in der Näherung erreichbar ist – wenn man das überhaupt behaupten darf.

Man bewertet dies als objektivierbar, ohne es erkennen zu können. Es fehlt das Element Erde.

Dieser Umstand erzeugt Spannungen, die sich nicht entladen können und von einer gewissen Dauerhaftigkeit sind, wie sie sonst nur in der Stratosphäre vorkommen können. Alleine, sie sind hier wie dort Teil der menschlichen Natur. Von einer Herausforderung kann daher keine Rede sein, solange das Ziel nicht erreichbar scheint.

Diese Institutionalisierung der Spannung macht sie nicht absolut. Sie überdauert nur konserviert, ohne sich entladen zu können. Als solche mag sie bleiben, und kann doch kommen und gehen, wie man ihr bedarf – ja selbst unbedarft.

Emotionen und Kultur scheinen also Ausgeburt menschlicher Natur zu sein. Grenzenlos!

Der Mensch kann unmöglich auf Dauer in Frieden zusammenleben – aber er versteht es immer wieder, Frieden zu schliessen, und nur das zählt letztlich. Er hat sich so bisher vor der Selbstvernichtung bewahrt, ist aber in seiner Natur verharrt.

Der Kosmos hat letztlich den entscheidenden Einfluss. Darüber wissen wir nur zu wenig. Wir sind auf Vermutungen angewiesen. Das Chaos verstehen wir nun doch noch nicht [23]. Unser Handeln ist davon geprägt, Ordnung schaffen zu wollen. Wir beginnen uns aber darin vorzuwagen. Die dünne Haut, die uns vor dem Chaos bewahrt,

---

[23] ... wo wir doch nichts verstehen können.

das um uns existiert, schützt uns nur zu einem geringen und – wie es scheint – gerade ausreichenden Teil, ist aber in der Form wesentlich für die Situation, die wir in unserem Bedürfnis, Ordnung zu schaffen, vorfinden. Mehr geht nicht und würde alles zerstören – zum Absterben bringen. Diese Erkenntnis gilt für jede Sphäre um uns, welcher Natur sie auch immer ist.

Salary(wo)men verpflichtet sich von *nine to five,* ohne Risiken eingehen zu dürfen. Es scheint bedeutungslos zu sein, im Gegensatz zu dem, womit wir konfrontiert sind, obwohl wir uns dessen nicht bewusst sind. Sie tragen letztlich als neutralisierende Kraft dazu bei, uns vor uns selbst zu schützen.

Living Shields der unbewaffneten Friedenssicherung, oder etwa Geiseln in einer verbotenen Zone – gar der verbotenen Stadt. Hinrichtungen soll es schon gegeben haben. Es gibt kein Gelübde, Agnostiker unter sich? Die Ordensregeln sind einheitlich, und doch verschieden. Wer begeht hier Blasphemie – wo es doch keiner erkennen will? Also handelt es sich wohl um einen Selbstbedienungsladen für die politischen Eliten – Veto nicht möglich!

Der Rassismus und die Xenophobie des Alltags institutionalisiert zur Befriedung eines Kontinents zwecks der Befreiung der Welt von dieser Altlast der Geschichte. Und als Ergebnis scheint das Leben zum Traum mit der Gefahr des Albtraums zu werden, da sich die Geschichte nun doch zu wiederholen scheint.

Kulturelle Prämissen zur Einordnung von Handlungsmustern und als Grundlage der Identifizierung von Freund und Feind scheinen uns als Ursache in ihrem Ergebnis hinderlich zu sein.

Nur die Gefahr eines reellen Albtraums scheint sie aufheben zu können. Die gemeinsame Leistung beschränkt sich darauf, die Geschichte bewältigen zu können, ohne zwingenderweise in einen Albtraum versinken zu können, der auch allen anderen noch Sorgen bereiten würde – oder gar Schlimmeres. Es gibt kein geeignetes Wort in der deutschen Sprache, um diese *Chipotage* zu bezeichnen.

Es bedarf Seide, um es niederzuschreiben. Wir brauchen von denen, und mehr von dem, was uns fehlt. Diese beziehen wir inzwischen von anderenorts fort – was an sich nichts Neues ist.

Ole hatte einen wunderbaren Spaziergang gemacht, der ihn auch ans Wasser führte – zu jenen Gewässern, die kontrolliert abfliessen, und wo die Mengen quantifizierbar sind. Aber auch darauf ist nicht mehr wirklich Verlass. Das männliche und das weibliche Element waren dort omnipräsent.

Daisy, eine Dalmatinerin, versuchte ihn dabei zu beschnuppern, wurde aber von Herrchen zurückgepfiffen.

Es begegnen ihm *Klimt*, *Matisse* – nur um die Auffälligsten zu nennen. Auch das alte, unwiederbringlich verlorene Element war zu erkennen. Es wird noch immer kopiert. Eigentlich wollte er zu *Kandinsky* und seinen verstorbenen Neffen am Grab besuchen.

Stan und *Ollie* – *gladness and laugther, joy and humor.* Jenseits von Kultur eine gemeinsame emotionale Wahrnehmung, die grenzenlos scheint. Die Grenzen sind eben unter anderem, und vor allem dort. Und doch ist es das Einzige, was uns alle in unserer Art gemeinsam amüsiert.

Das haben uns die Frauen eingebrockt – meinen die Männer! Und dann auch noch die Quote – man sollte sich widersetzen. Diese Erkenntnis ist um des Friedens willen wichtig und ergänzt, was ohnehin schon gesagt wurde. Und wenn es auch nicht immer ausgesprochen wird, so ist es doch Realität. Auch *Kandinskys* Neffe hätte das so gesehen.

Ole Olesen fand das bemerkenswert und sah hier eine Zukunft für das Zusammenleben der Menschheit, die es zu unterstützen galt.

3. Kapitel

Jenseits dessen im Diesseits
oder
Evil in Eden

Only in its fourth dimension does everything get relative, although it seems to be, at first, of crucial importance. Therefore, it does not move away from the useless activities of mankind. In its eternal activity it takes up finally its activity, and reminds us of the determinedness of our undetermined existence, and only those forgive, which subdue themselves in an unforgiveable manner. The rule of power does not know any escape.

This life and afterlife seem to be locally thinkable, and in their duration certainly relative at any moment in time and repeat themselves at every moment in time. As a sign of the passing away of what seems to be recognizable; and as such, it is in this moment vanished in afterlife. Being a position or moment in time, they are exposed to the afterlife as soon as passed away from this life. Borderless final or eternal – the answer we do not know – it is the sacrifice which is supposed to be brought by all of us, and therefore we are supposed to be linked to the forces we are exposed to.

It is gone, again…

The fourth dimension may be measured by afterlife for instance[24]: This life and afterlife are supposed to be connected, but life in afterlife gets increasingly wearied.

---

[24] In the absence of illuminated beings.

Ole Olesen had become an industrious and appreciated employee. He was supposed to be satisfied with his existence, and life seemed to love him – as much as he loved life. Somehow he felt to be a bit suppressed. Nevertheless, he could enjoy the liberty he was surrounded with. The responsibility was satisfying, the silence was inspiring and his industriousness delivered results and achieved recognition in this sphere.

And the sweet smell of opium, …
beyond the Rhine …

In his position as a salary man, he was an experienced call coordinator for calls regarding candidate states. It was an important call coming towards him, giving Warsaw political attention beyond her visibility ever before. The President and the Prime Minister wished to give a political signal. There was a deadline for a call for which he was responsible. He was supposed to be supported by the team of the unit. However, the head of the technical department of the unit refused any support to him. Three new staff members had to be recruited to ensure that the workload could be taken on. Only one member of the unit was prepared to help him.

The call was finished successfully. All documents were ready to be submitted to the Interstates Committee for approval. In a few days the deadline for a prolongation period would have passed. The line manager invited him to a meeting in his office together with three other colleagues. They discussed the last steps to finalize the follow-up to this call. He began to harass him during the meeting, since he repeated the same questions over and over again, to which he gave the same replies over and over again. All other participants were only observers. Anybody else remained in utter silence during this meeting. Ole saw no sense in carrying on with this meeting and was about to leave the meeting. His line manager positioned himself in front of the exit door and blocked him physically from leaving the meeting. Ole asked him several times to give way. Since he did not give way, Ole went towards the second door of the office and left via that door.

Two of the three recruited colleagues which refused to work for Ole accused him of being lazy. However, there was no evidence for that. Only one colleague helped him finish everything successfully. His line manager tried to draw this against him.

After Ole had had lunch, he returned to the line manager's office. He found him alone in his office in front of his computer typing something. Ole told him in very clear words that he did not accept such treatment[25]*. As a consequence, the line manager pumped out of his office. Most likely he went to the Deputy Director General who was probably behind this initiative, since he sent Ole already a message via the line manager during the call evaluation*

---

[25] *Literally he told him in German: This is ass-fucking what you are doing here, I do not accept such an attitude.*

period before, "Take care that Olesen *does not mess up everything" – a political statement since* Ole *was considered to be Austrian and the line manager supposed to be German, as well as the call was focused on candidate states.*

The line manager came the day after this event early, in the morning, to Ole's *office and shouted at him with the intention of forcing him to return to his office and continuing with the meeting.* Ole *refused to carry on with this meeting and finalized the documents for another meeting instead. He became so aggressive toward* Ole *that the colleagues next door came out of their office and were virtually drawing him away from* Ole's *office, and insisted that he relax.*

A confrontation by e-mail between him, the Deputy Director General and the line manager followed, which lead to a prolongation of his probationary period disregarding the administrative provisions. Ole *was drawn into a conflict situation*[26]*.*

Ole *was transferred to another unit in the same Directorate disregarding the administrative provisions. There he was put in charge of an entirely different subject. He took up his responsibility immediately. He did a good job again, but after three months his stage was extended again, and his responsibility was changed again*[27]*.*

---

[26] C'etait la politique greque!
[27] *He discussed the second prolongation not with the responsible Director, but with another colleague who wanted to take revenge, since he was recruited for a post in the DG where she had another favorite in mind.*

Like this, within one year Ole changed his responsibility twice. He had a prolongation of his stage twice and the Director General did not even once receive him, although he had asked for a meeting.

Finally, he finished his probationary period successfully, and he achieved an excellent report. He remained in his job until a new line manager was recruited.

Rather quickly after that, he received an invitation from a top Austrian deputy to a reception, to which – as it turned out at the event – only top officials and politicians were invited. There he was immediately taken up by a top lobbyist whom he had met as a little boy in his early childhood twice while he was passing by the home of his parents. This lobbyist spent the whole evening talking to him in Austrian colloquial German, although he could have definitely thought of something more important at that event. He informed him after a while that he is a close friend of the Austrian deputy, and connected that with an ethnical background. In his position, he was a sort of middleman for him. The dinner was fine. Fish was served as the main dish, which may have implied the risk of containing mercury. This main dish did not give the impression of having been prepared and served with dedication or passion. Ole became, after this evening, rather suspicious about the purpose of this invitation, and kept distance from this group of people[28] as he had kept distance from them since his early childhood, after he had seen this middleman decades ago. Afterwards, the middleman dropped by his parents home in a rather embarassing way.

The new line manager was, from the very first moment, very hostile toward him[29]. She wanted to have his files, since this was the only area where she had any competence. She was intentionally in conflict with everyone in the unit from the very first day on. Since he knew her from before, he tried to help her by briefing her on a couple of subjects. She did not perceive anything. Therefore, he passed the briefings on to other staff members of the DG. They appreciated the briefings very much, but she became completely desperate about that, since her intention was to take those files away from him.

Within this period of time, Ole *also wanted to take marriage leave. The line manager refused to sign it.*

Later on, the line manager wanted to send him, together with a French colleague, on inspections abroad. She wanted him to take the lead in this activity. He informed her that this was not possible, since there was no mandate for inspecting offices abroad which are joint international offices. In the same period of time, Ole's wife gave birth to a child and he asked for parental leave. She refused to

---

[28] Ole *felt the whole experience reminded of societal structures in rural Africa, which are part of Austrian tribalism since centuries, an aspect of apartheid, which seems to have not vanished in Austrian politics until today.*

[29] *He knew her from before, when they always had a very good relationship.*

sign again and asked him to go on mission to the joint international offices. Since he could not leave his wife and baby just after birth alone there, he refused to go on mission, and he stayed with his family.

When he returned to his office, the line manager became increasingly desperate again, until she became quite cooperative later on, and he could work constructively for a couple of months. Meanwhile, she continued to try to get "rid of" a French colleague who moved later on to DG Reunion. Afterwards, she wanted him to take on this field of responsibility. He refused to change the subject again, and she started to harass and bypass him again later on. Finally, he went on parental leave and returned to the service after a couple of months when he took on the responsibility of the colleague who left. He carried on working on these files, and even enhanced his responsibility. He also contacted the Harassment Task Force regarding those events, which happened before. A confidential councilor had several meetings with the line manager and the issue was brought to a good end. He was also involved in the selection of staff during the course of the contractual changes for non-permanent officials. All of a sudden after Ole's *return from his Christmas holidays he found a file from the disciplinary authority in his in-tray. The procedure was finally cancelled due to harassment, but he was transferred to another unit.*

At that point, the harassment against him seemed to get also a private dimension, not only due to the attitude of his hierarchy. At a ball at the Concert Hall, a British colleague stayed for a couple of minutes in a waiting line intentionally behind him and breathed loudly into his ear. He had known him for years, but he did not say anything. In fact Ole *had become a complete outlaw.*

As a consequence, Ole *had to change his responsibility four times. Due to the following restructuring he had to change his responsibility again and furthermore, due to the arrival of the new line manager, he was supposed to change his responsibility once more. And there, the administrative mistakes became very serious. The situation became, in administrative terms, very messy. After this transfer, he was again transferred to another unit in the course of restructuring after receiving a very good report from his former line manager. As a matter of fact, attitudes had changed in administrative terms, but not in political terms.*

As a consequence, this meant six changes of responsibility in three years and six months. These responsibilities covered a wide range of activities, such as technical project management, call coordination, scientific advisory and internal auditing. Therefore, the average time in a post was roughly six months. Independent of that, Ole *was always classified as a performer. This was a clear sign that he was being shifted around by the administration until the administration was ready to launch a transfer, which was messed up later on due to mismanagement a few months later. It showed that the whole approach was planned, and that the administration wanted to avoid that he could establish himself in any field of activity before they were ready to carry on with him in whatever manner they wished to.*

Ole *described, since the beginning of this period of harassment, his situation in detail in his staff reports, but the management did not care. He was never received by anybody else than the line managers throughout this period – not even upon demand.*

The most remarkable observation during this period of time was stardust of considerable size dropping on the roof of the neighboring house just beneath the Oles' *appartment at 5 a. m. in the morning – a unique experience. A recall from early childhood when he found a piece of stardust in a pond of a little waterfall – both were signs beyond any political hemisphere.*

Ole *submitted an important document to the new line manager in accordance with his valid job description. He asked him for comments. He considered this the appropriate way to take up a working relationship with him. No reaction whatsoever was received. However, the line manager wanted him to upload it and approve it.*

Stardust ... a regular event which rarely ever touches upon someone as closely as in the case of Ole's life ...

Ole was not prepared to carry out this request without any prior approval by him. The situation remained like that for months, until Ole *launched an adminstrative request for a transfer.*

In this situation, Ole *discovered symptoms of mercury intoxification in him, which turned out to be confirmed by other medical results[30].* Ole *had no explanation for that. He recovered from these symtoms due to a special diet, but some symptoms did not vanish entirely even today.*

Later on, after he returned from his holiday, his line manager wanted him to accept a new job description with a far smaller responsibility than ever before. Ole *refused to accept it. The line manager entered his office twice, accompanied by a colleague from the human resources unit, in order to sign him up for the receipt of this job description. The purpose of this initiative was to bring him back to a weaker legal status under the staff regulations since* Ole *would have been attributed to the unit of the new line manager, but* Ole *would have been obliged to report on everything directly to the Deputy Director General of DG Refund. It would have been a "hidden" attribution to this unit. This was, in fact, the reason why he refused it. Both refused to leave his office, even after* Ole *asked them several times. This was definitely harassment*

---

[30] *uncontrolled reactions of the vegetative nervous system (in particular before falling asleep), unexpected regular nose-bleeding, shrinks and cuts in the surrounding of the nose entrance, unusual agressive attitudes, enlarged liver, concentration problems, unusual difficulties in decision making, at about 1-2 years later intense loss of hair.*

again. Since the situation remained unchanged, although there was a clear infringement upon his rights, he launched an administrative request for support. From that moment on, he was isolated. Nobody was prepared to help him. Later on he took up contact with another colleague and he was, for the whole period of time, in contact with two other colleagues.

The line manager refused to let him go on mission to Warsaw, although the mission was signed and approved by DG Authority.

Ole was taken off the reserve list for a post in East Jerusalem for which he had applied successfully earlier. The responsible line manager in DG Refund was an Austrian who was part of the business network of an Austrian lobbying organisation. Ole was several times addressed by the head of that lobbying office in Brussels[31]*.*

Soon after, this new conflict situation became obvious to Ole, *since this Austrian chief lobbyist sent job descriptions to his business network in Brussels by e-mail, in which the job description that* Ole *had refused to accept was already stipulated, although he never informed him about that.*

At about the same time, a security official attacked Ole *in his office.* Ole *contacted the next day the Harassment Task Force. At the same event, the*

---

[31] *One of the leading Austrian lobbying offices;* Ole *was a former employee there, the chief lobbyist was his boss there – with very mixed feelings.*

security official who attacked him tried to take his service card away from him, although he had no administrative order for that. The security official who attacked him came over and over again to deliver him a document, which he refused to accept until it was delivered to him by someone else.

Soon afterward, the Deputy Director General drafted a note of warning for him. He never received this note. Afterwards, he got an inappropriate reply to his administrative request for a transfer.

Finally, the disciplinary authority interviewed him. He claimed harassment again. The disciplinary authority agreed. This was not taken into account in the procedure. Instead, an ambiguous reconciliation procedure was offered to him later on, which he refused to accept.

When he returned from his Christmas holiday he wanted to join the unit meeting again. The line manager refused him to join this meeting.

Later on, at the city ball in the concert hall, Ole *met a line manager of the Intergovernmental State Council who was also a friend of the Austrian chief lobbyist. He addressed him all of a sudden, after having some semantic discussions. Then he told him in Austrian dialect, "Pay attention – be careful, this time we will be faster than you". He saw this line manager already entering the office of the line manager for human ressources before the second period of harassments began.*

A couple of weeks later, Ole *launched again two administrative procedures searching for support. Although the institution granted him support, he was never heard with reference to these two requests.*

When he met the Austrian chief lobbyist by chance in a pub in Brussels at about the same time, he said to him in silvery Viennese German, "I am looking forward to put as a trophy a label with your name on the wall in my office". He is meanwhile Director in the Intergovernmental State Council.

Austrian deputies harassed him several times in Brussels at receptions during this period, and wished him all the best every time, in a rather curious intensity. They are also part of this business network.

At the same time, a member of the conservative party, who had very good political contacts, addressed his father in Austria by saying in his dialect, "The door panel of your son in Brussels has been already taken off".

Later on, Ole *met an Austrian line manager from DG Blossom who was also a friend of the Austrian chief lobbyist. He said to him in Austrian colloquial German, "You may become a sales representative for aspirators. Everything you achieved until now is rubbish." By chance he saw him entering the office of the line manager for human ressources of his DG a few days before.*

A couple of months later, Ole was suspended from service without any hearing. The postman tried to deliver a document to him. He refused to acknowledge receipt. He informed him that he would only accept a note from the Director General of DG Authority. However the administration left him aside in ignorance.

An assistant of an Austrian deputy sent him an e-mail with an invitation to an event at the People's Chamber. He was also part of the chief lobbyist's network. He never gave anybody from that network his private e-mail address. He must have gotten it from someone from DG Refund or DG Authority where he left it behind after his suspension from service.

Ole *felt he would stay at the watershed his entire life. He achieved only almost what he was supposed to achieve. Instead, he achieved in his life a point of no return, as much as it was a turning point, and a moment of recall. Nothing would ever be the same again. The ruthlessness became the driving force for bringing him to his determination in his bare existence. His life as a* **dalit** *that he escaped from for a considerable lifespan returned to him in the most inappropriate way, as it could only happen to a* **dalit**. *Racism and fascism became the determining forces of his life again. The lilacs at the castle seemed to blossom in the darkest way since decades. He was, from now on, subject of the* same type of ignorance as those victims of ignorance at the castle decades ago.

After all, two British colleagues dropped by at his edapartment at Avenue Clovis 1, and ask, if this would be "Columbus advisory suite no. 111 Av. Clovis"; Ole denied, they entered into a short discussion and left afterwards in a hurry.

Finally, he received a note from DG Authority with a sanction of removing him from his post, which did not provide sufficient evidence for such an action against an official.

In the follow up to that, Ole received a note from the line manager for human ressources, with a content, which was harassment again, since it did not comply with the provisions of the institution.

Ole described, since the beginning of this period of chaos and harassment, extensively his situation in his staff reports, but the management did not care. He was never received by anyone else than the line manager throughout this period.

As a consequence, the probation period for becoming fonctionnaire was used to put Ole aside for the sake of damaging his career in order to take revenge for unsettled rivalries of the past. From then on, he was pushed around over and over again, until there was sufficient evidence to block him in his career or to remove him from his post. That was done in the most brutal way without giving him any chance to recover in professional terms. The first disciplinary procedure against him was suspended due to harassment. The second disciplinary procedure was not suspended, but an ambiguous reconciliation procedure was proposed to him, which he refused to accept, since the same staff members which harassed him would have decided about his professional future. He had been bypassed and therefore he did not receive the note of warning from the latest Deputy Director General. Then he was bypassed again regarding the hearing for suspension by being badly informed and mistreated and, finally, suspended without any hearing for being heard by a disciplinary board, which finally sentenced him to the proposed sanction that he refused to accept. He was professionally "hunted to death" by a business network which infiltrated the institution and influenced decisions in DG Refund, DG Authority and DG Reunion. As a former employee, Ole was always in contact with some members of this network. The terror against him in the institution itself was a result of the political influence of this network since then. First of all, the intention was to avoid that he would become fonctionnaire, later the intention was to block him in his career, or to isolate him and dismiss him, if he made any difficulties whatsoever.

The Austrian chief lobbyist might have had also a personal motivation, since Ole had a very difficult working relationship with him during the period he was employed at that organization. A further proof *for his involvement was, that* Ole *had not received any invitation to any events since his suspension. But he had received regularly the newsletters that were being sent from the headquarters in the lobbying organization. Another aspect is that he received all of a sudden, an e-mail with an invitation to his private e-mail address from the assistant of an Austrian deputy, who used to send it to his professional address in the institution. He never gave anyone his private e-mail address for such purposes, except the secretary of the disciplinary board of the institution.*

The terror against him caused Ole *constant nightmares throughout a period of more than five years whenever the situation became unbearable. It destroyed his family relationship.*

It only took so long for the Austrians to eliminate him, since they had many years' of problems in DG Refund due to very bad lobbying during the pre-accession phase[32] *and due to the political isolation after the "Xenophobia affair" and the political campaign with proposed sanctions by the Intergovernmental State Council. Otherwise, he would have been eliminated earlier, but he had always the support of the hierarchy for everything he carried out ever before. He was probably not the only victim of this process of political cleansing of "non-desired Austrians" which came into the service at a very early stage, long before the Austrian administration was prepared to take up contact with*

---

[32] *E.g. in particular, anti-nuclear research position.*

the institution. The accession of Austria was carried out in a great hurry. The unilaterally desired persons could not take many posts foreseen for Austrians, since the Austrian administration was not familiar and flexible enough to comply with the institution standards. Meanwhile, Austrian business networks had infiltrated the institution and tried to worked in their own way, as they were used to in Austria. Austria has a very strong top-down management culture in the public service – much more than many other Western European countries are used to. It is a small country, where issues are mostly sorted out upon friendship than upon transparency and competence.

Besides that, there was continuous interest of three line managers to downgrade him, and to occupy him with inappropriate tasks without respecting the staff regulations and human rights. At a certain point, this seemed to be the case rather intentionally than only by coincidence.

The attack of the security official was probably not meant to be personal, but rather a sign of empowerment by political rulership.

To shift an official around like this for a period of almost four years is quite unusual, and is another indicator for harassment.

As a consequence, there is a political dimension to this case, an administrative dimension of bad management by several line managers, and an aspect of bad performance by institutional staff and a security official. The political aspect is difficult to estimate, since there is weak evidence due to the lack of testimonies or written communication, but clear signs of personal dis-appreciation and an aspect of Austrian tribalism. The bad management is easy to prove with documents and testimonies. The physical attack by the security official seems to have been taken up by the administration, and was probably also sanctioned.

It is also obvious that Ole *suffered from intense stress due to the health problems he suffered from during this period.*

As a consequence, Ole *intended to launch a complaint against the imposed sanction, and to propose a transfer to another Directorate General of the onstitution in Brussels by claiming harassment. Furthermore, it seemed to him also appropriate to insist again on a hearing, and to refer to the submitted requests for further support. It seemed to* Ole *appropriate to refer also to the recently adopted Interstate Treaty as regards to the right to be heard, since this right was refused or ignored several times. He was drawn into this conflict by all means. The only choice offered to him was to take parental leave or to take leave. It seemed to him also, that there are serious infringements on good adminstrative practice involved, and aspects which may be considered as torture in its assumption, certainly brutal harassment, mismanagement and serious infringments on his human dignity as a whole.*

In envisaging what was supposed to be the result of the fourth dimension term of space and time – a piece of blue colored plastics with his name, a photograph and an ID number, and again, a date of expiration, which continued to be there where it was supposed to be before, and not according to the bending of time, not only due to the problems of delivering several months in delay. A non-binding written procedure of five months without any legal means – an internal procedure. It could have been red, but certainly only silvery shining instead of golden at a glance.

After all, the chaos escalated meanwhile due to the island and oasis question. While one is occupied with one question, one is confronted with another question. 5 billion bilateral …

Finally, drop by the Palais d' Egmont!

4. Kapitel

Ankunft im Morgenschein

Und es war schliesslich eine merkwürdige Szenerie im Morgenschein, als *Ole Olesen* aus dem Zug über die mit Morgendunst überzogenen Wiesen und Feldern der *Po*-Ebene blickte. Es war unglaublich erfrischend, kühlend und befreiend zugleich – im Neubeginn – befreit von der Last der Vergangenheit. Ein unvergessliches Bild in der Bewegung, das ewig im Gedächtnis verweilt. Das Delta war schliesslich ein unvergessliches Erlebnis – in dem, wie es beginnt und wo es sich verliert ... Hier vergeht man ohne technische Hilfsmittel.

Es blieb dabei für *Ole* ein Rätsel, warum zuvor nach der Überquerung des Rheins der österreichische Zugführer von ihm einen Aufpreis verlangen wollte, wobei der polnische Schlafwagenschaffner ihm im Gegenzug zwei Abteile exklusiv zur Verfügung stellte, sowie der Bahnhofsvorstand in Frankfurt ihm des Weiteren persönlich assistierte und bis zur Weiterfahrt des Zuges auch noch am Bahnsteig verblieb, um ihn dabei mit dienstlichen Gruss zu verabschieden[33].

Die Zeitenwende war also eingeleitet, das Neue war angekommen. Latinos sind erfreut darüber. Banken werden abgewickelt. Kunden werden dabei zur Kasse gebeten. Der Mensch wird entwertet, um den Wert des Geldes zu halten. Es ordnen die Dortigen an, was die Hiesigen zu tun haben. Das hat man noch nicht gesehen. Schauen Sie sich das an! Die wiederholte falsche Entscheidung zum richtigen Zeitpunkt führte es herbei.

---

[33] Man vertagt die Interpretation dieser Art von Erscheinungen, bis man mehr darüber weiss.

Es war alles an sich in der Vergangenheit verblieben. Die Zukunft war da und als solche begrüssenswert. Der Mensch hatte sich die Freiheit erhalten können, wenngleich sie bedroht gewesen war, und auch weiterhin sein wird. Mehr als fünf Jahre Dämmerung durften dem Morgenschein weichen.

Man kann nicht glauben, dass der Friede auf Erden zwischen den Menschen hält. Alleine, es ist letztlich keine Glaubensfrage.

Die Disproportionalität und die Bereitschaft, sich zu einigen, schwanken. Die 14 steht vor der Tür – neuerlich in diesem Jahrhundert – nicht möglich.

Aber wie krank ist das System – es existiert nicht einmal. Die 17 könnte ihm vielleicht weitere 70 Jahre schenken.

Die Trilaterale, die Nationale, die Multinationale, die Internationale – welches Lied wollen wir singen? *Ole* kennt sie alle, und stimmt in den Kanon dieser vermeintlichen Ordnung mit ein.

In der Morgenröte erscheint die Sonne aus dem Blut des Morgendunstes emporsteigend. Sie befreit sich dabei aus unserer Sicht aus dem von ihr mitverursachten Erscheinungsbild, das aber eigentlich irdischen Ursprungs ist, womit sie aber nichts zu schaffen hat. Es ist unsere eigene Verblendung, ihre wahre Existenz nicht zu erkennen. Erst danach könnten wir es erkennen – doch Friede! Das Vermögen eines Einzelnen kann nur in der Gesamtheit der Gruppe zur Geltung gebracht werden.

Somewhere over the rainbow bluebirds fly – and our single sky is supposed to be blue and bright. Eine andere Interpretation ist nicht in Sicht. Es ist dabei nicht hilfreich, zu lamentieren, da man doch selbst ohnehin einer sein kann, wenn man nur will – das Dürfen bleibt aber ein Parameter, bevor man es ist. Wenngleich man es doch kann, wenn man einen lässt. *Liberté, Egalité et Fraternité* werden immer wieder herausgefordert, scheinen uns aber doch heutzutage ausreichend in die Wiege gelegt zu sein. Apartheid gehört der Vergangenheit an, meint man. Das mag uns beruhigen, entbehrt aber nicht dem weiteren Einsatz dafür, und auch das Gegenteil erleben wir immer wieder.

Die Möwen am azurblauen Himmel gleiten wunderbar! Der Wind aus dem Osten streift um die Häuser. Es ist trocken, fast eisig und erfrischend – am gefassten Teich des Lebens. *Good morning abroad! Welcome friends abroad!*

Es bricht der Frühling an, nachdem er einen ungewöhnlich harten Kampf gegen den Winter führen musste – über Monate –, wie er uns hier schon fast unbekannt zu werden schien. Man ist sich unter den Menschen uneins über die Ursache dieses Phänomens – sei sie nun irdischer oder kosmischer Natur. Es gelingt uns noch immer nicht, hier Chaos und unser Verständnis von Ordnung auf einen Nenner zu bringen. Im Ergebnis leben wir durch unsere verschiedenen Ansichten allesamt in den Tag hinein – jeder mit seiner Version der Wahrheit. Unabhängig davon setzt sich aber das fort, was rund um uns stattfindet – und wir meinen zu wissen, was wir nicht wissen können – allenfalls interpretieren oder *anthropogenisieren* wir darüber.

Der *Morgenthau* blieb uns erspart, so bleibt uns nur zu warten. Die Hemisphären scheinen verschwunden – nein, man hat sie uns entzogen. Und so blüht am Schloss der Flieder – am Schloss nach wie vor – immer wieder. Wir haben es saniert – schicken uns an, es wieder zu bewohnen – nach allem, was wir getan, hinter dem blühenden Flieder. Er erblüht uns trotzdem wieder, jenseits der Interpretation fehlt die Barbarei vorerst wieder. Wo warst Du in all der Zeit der Barbarei – in Sicherheit vor der einen, bei der anderen verwahrt. Nicht hier, sondern dort, oder bei jenen weiter fort. Auch dort andernorts, aber nie fort von dem Ort hier ohne die weiter fort.

Am Horizont taucht nun jene Chimäre auf, die in all diesen vergangenen Zeiten wohl nie vergessen, aber nie präsent war. Sie scheint das neue Bedrohungsbild an diesem Morgen zu sein, der uns doch in seiner Röte vorerst so vielversprechend erschien. Sie ist jenseits dessen, was wir uns von unserem wohlfeilen und friedlichen Verhalten nach so vielen Jahren erwarten würden. Sie war immer Voraussetzung und Bedrohung zugleich und schien sich in diesem Gleichgewicht einer unausweichlichen Stabilität zu amortisieren. Alleine im Neuen ist sie isoliert präsent, und nicht wegzuleugnen. Jenseits der Steppe, die wir durchquert haben, tritt sie nun hervor. Ein Stückchen irdischer Existenz der anderen Art, die wir glaubten hinter uns gelassen zu haben, und die wir auch immer recht geschickt zu beseitigen gelernt hatten – letztlich von weiter fort.

So bleibt uns neuerlich nur, den Tag zu erwarten, und nicht das, was war, zu verleugnen – um unser selbst willen. Es mag die Frage aufgeworfen werden, ob wir in unserem irdischen Dasein überhaupt zu mehr in der Lage sind. Unsere Koexistenz mag uns immer wieder in unserem gegenseitigen Handeln schockieren. Nur die Vernichtung und die Katastrophe vor Augen, können wir unsere Vorstellungen revidieren. Und selbst hier gibt es frappierende Ausnahmen. Solche Gedanken in der ersten Morgenhelle lassen wenig hoffen für das, was noch kommen mag. Wir verstehen bisher kaum Faktoren jenseits unserer Atmosphäre, so gut wie nichts jenseits unseres Sonnensystems, und massen uns an zu wissen, was gut ist für diesen Planeten. Letztlich rufen wir uns gegenseitig zur Mässigung auf. Mit einem unterschiedlichen Ausmass an Arroganz hoffen wir, dies zu erreichen. Es gibt nur wenige unter uns, die jenseits dieser arroganten Politik handlungsfähig sind. Die Evolution Mensch–Maschine, Biosphäre–Noosphäre schreitet fort. Ein Ausweg für jene, die dieser menschlichen Arroganz entkommen wollen. Welches Ausmass an Intelligenz steht welchem Ausmass an Intelligenz und Bildung gegenüber? Und welche Rolle nehmen dabei Maschinen ein? Hier kommen wir der Sache schon näher.

Dieses Drücken in meiner Brust seit einigen Monaten – es befreit – bin ich etwa Schwede?!

Nun möchten also jene, die diese nun existierende politische Ohnmacht herbeigeführt haben, den Gedanken hegen, eine Republik im altgriechisch/römischen Sinne zu etablieren, um dann dies herbeizuführen, wozu sie so nicht in der Lage waren. Dabei können dann eigentlich darauf nur jene antworten, die dieses Dilemma vorausgesehen haben, und auch artikulierten, und nicht solche, die sich mitschuldig gemacht haben, und nun auf den Plan gerufen werden. Es ist daher wohlweislich unnötig, in einer Situation des Niedergangs über ein Sammeln und Neu-Aufsteigen zu diskutieren. Es bedarf vielmehr, den Niedergang zu beenden und bei einem allfälligen zukünftigen Aufstieg solche Vorstellungen plausibel auf den Weg zu bringen. Womit eigentlich auf diese Diskussion als Pausenfüller, bis es eventuell so weit ist, verwiesen werden darf. Was wiederum heisst, dass das Ereignis im *musilschen* Sinne eben nicht vorzufinden sein wird und daher auch nicht stattfinden wird können. *Ole Olesen* meint hier, wieder innehalten zu müssen. Es zieht ihn von hier nach Südosten – auch hier neuerlich das Neue.

Es ist kühler geworden. Manche meine eben, es sei die stärkere kosmische Strahlung, andere sehen darin einen Vorboten zur globalen Erwärmung.

So erscheint immer Endzeit, Neubeginn und Wandel bei gleichzeitigem Verbleib. Es fliesst alles dahin bei gleichzeitigem Verbleib in Raum, Zeit und trotz Eitelkeit.

Es vergeht von Neuem ... Es erscheint alt – sehr alt, fast eine Ewigkeit, und doch ist es anthropogen, und somit menschlich.

Die Maschine hat uns dabei überholt, sie fordert uns zu mehr Demut auf. Sie bewahrt uns vor der Selbstvernichtung und räumt uns ein, es letztlich doch zu tun. Hier erscheint das Neue von Neuem.

Ole steht nun alleine am Grab jenes Mannes, der ihm zu alledem inspiriert zu haben schien – alleine mit einer weissen Nelke. Um ihn herrscht Niedertracht, Verrat und Unbotmässigkeit – das Schicksal der Menschheit. Die Zeit der grossen Diktatoren scheint auf's erste vorbei, und auch jene der grossen Denker scheint sich als obsolet erwiesen zu haben.

Man gedenke jener, die sich dessen enthalten, was andere sich nun neuerlich anmassen möchten.

Das Schicksal bleibt dabei unbestimmt, so wie es es keine Bestimmung gibt, es sei denn man sucht sie. Bei alldem was es für *Ole* bereitgehalten hat bleibt der Charakter der Illusion des Daseins auf diesem Planeten die ungeklärte Frage des Daseins für jene die ihrem Schicksal zu entkommen wissen. So wie eben jene die dadurch alldies herbeigeführt hatten was uns noch immer sosehr zu Denken gibt, dass wir uns in unserem Schicksal gleichsam ausweglos gegenüberstehen.

Alldies scheint noch immer nicht enden zu wollen, und auch niemanden finden zu wollen, der dem ein Ende setze. Es ist harmlos – es erscheint harmlos – es ist in seiner Harmolsigkeit das Gefährlichste von allen, da es menschlich erscheint. Es erscheint endlos.